二十四节气里的花与诗

蓝草帽／选编
罗悦／图

北京联合出版公司
Beijing United Publishing Co.,Ltd.

春

立春
樱桃花 /004
迎春花 /006

雨水
立春 /003
临安春雨初霁 /008
菜花 /011
李花 /013
杏花诗 /014

惊蛰
拟古 仲春遘时雨 /017
山茶 /019
桃花 /021
蔷薇花 /023

春分
春分（七绝）/024
辛夷坞 /027
海棠 /028
东栏梨花 /031

清明
清明 /033
宣城见杜鹃花 /034
木兰花慢·拆桐花烂漫（节选）/036
春早四首 /039
柳花词 /040

谷雨
牡丹图 /043
紫藤树 /045
春暮游小园 /046
赏牡丹 /048

夏

立夏
唐昌观玉蕊花 /052
题榴花 /054
云阳寺石竹花 /057
点绛唇·素香丁香 /058
  /060

小满
归田园四时乐春夏二首（其二） /063
百合花 /065
感芍药花寄正一上人 /066

芒种
芒种后经旬无日不雨偶得长句 /068
枸杞 /070

夏至
夏至避暑北池 /073
茉莉 /074
送杨山人归嵩山 /077
寄酬韩冬郎兼呈畏之员外 /079

小暑
小暑六月节 /081
咏凌霄花 /082
荷花 /084
咏槿 /087

大暑
和子由记园中草木十一首其一（节选） /088
和王定国二首其一 /090
苏秀道中 /092
凤仙花 /094
栀子 /097
蜀葵花歌 /099

立秋
立秋 /103
夹竹桃花 /105
紫薇花 /106

处暑
长江二首 /108

白露
药堂秋暮 /110
咏红柿子 /112
西滕废圃 /115

秋分
点绛唇 /117
村居 /119

寒露
月夜梧桐叶上见寒露 /120
鸡冠花 /122
咏桂 /124
菊花 /126
九月九日忆山东兄弟 /128
长相思·一重山 /130

霜降
季秋已寒节令颇正喜而有赋 /132
秋海棠 /135
少年游·重阳过后 /136
德远叔坐上赋肴核八首银杏 /138

冬

立冬
立冬 /142
浣溪沙·咏橘 /144
月季 /146

小雪
小雪 /148
咏茶梅花 /151

大雪
夜雪 /153
山居 /155

冬至
邯郸冬至夜思家 /156
蜡梅 /159
新竹 /160
朱槿花 /162

小寒
浣溪沙·琴川慧日寺蜡梅 /165
梅花 /167
水仙花 /168

大寒
大寒 /170
瑞香花 /173
咏幽兰 /174

立春

每年公历2月4日或2月5日。"立春"是二十四节气之首,"立"是"开始"的意思,所谓"一年之计在于春";"春"代表着温暖,意味着万物开始生长。

立 春
唐/杜甫

春日春盘细生菜,忽忆两京梅发时。
盘出高门行白玉,菜传纤手送青丝。
巫峡寒江那对眼,杜陵远客不胜悲。
此身未知归定处,呼儿觅纸一题诗。

译文:
　　立春这天,人们用盘子盛上韭菜、春饼等用来迎新。忽然忆起当年在长安、洛阳时的春日盛景。
　　那时(在立春前一日),洁白的盘子从皇宫里送出,通过婢女的纤纤玉手,将生菜丝送给各位官员(仪式何等隆重)。
　　如今,目光随着那滚滚的巫峡江水流动,我这个"杜陵远客"不禁悲从中来。
　　真不知将来将身归何处(顿感无限悲凉),于是便叫孩儿寻纸来作诗一首。

樱桃花
唐 / 皮日休

娴娜枝香拂酒壶,向阳疑是不融酥。
晚来崴峨浑如醉,惟有春风独自扶。

译文:
　　娴娜多姿的樱桃花香满了枝头,拂拭着我的酒壶。迎着太阳,那玲珑剔透的花儿,似乎是那白色光润的酥团。
　　傍晚归来的我已站立不稳,醉态大发,只有让春风搀扶着回家。

迎春花
宋 / 韩琦

覆阑纤弱绿条长,带雪冲寒折嫩黄。
迎得春来非自足,百花千卉共芬芳。

译文:
　　纤弱嫩绿的长枝条攀附在长长的栏杆上,(我)在雪后的寒气中折下一枝嫩黄的迎春花。
　　迎春花迎来了春天,却没有自满,因为它知道,只有百花盛放芬芳千里才是真正的春天的到来。

临安春雨初霁

宋／陆游

世味年来薄似纱,谁令骑马客京华。
小楼一夜听春雨,深巷明朝卖杏花。
矮纸斜行闲作草,晴窗细乳戏分茶。
素衣莫起风尘叹,犹及清明可到家。

译文:
　　近年来看透世事沧桑,感觉做官的兴味不过如薄薄的一层轻纱。如今,又是谁命我骑马来到这繁华的京城作客?
　　昨晚的春雨淅淅沥沥,我在小楼上听了一夜(愁绪难遣)。清晨,深远的小巷里传来了叫卖杏花的声音。
　　闲来无事,铺开短纸,写下斜斜的行草。在明净的窗下,细细地烹茶、撇沫、品茗。不要叹息身上洁白的衣服被京城的尘土沾染,等到清明时节,我就可以回到故乡了。

雨水

每年公历的2月19日或2月20日。此时冬去春来,气温开始回升,降水量逐渐增多。

菜 花
清 / 乾 隆

黄萼裳裳绿叶稠,千村欣卜榨新油。
爱他生计资民用,不是闲花野草流。

译文:
  金黄的油菜花层层叠叠,绿叶稠密,听到许多村子里传来"卜卜"的榨油声,真让人无比欣喜。
  爱它是因为可以为民所用,发挥自身价值,不像那些闲花野草毫无用处。

李 花

宋 / 朱淑真

小小琼英舒嫩白,未饶深紫与轻红。
无言路侧谁知味,惟有寻芳蝶与蜂。

译文:
　　小小的李花如美玉般绽放,它们舒展、鲜嫩、洁白,一点儿也没输给那些姹紫嫣红之花。
　　安静独守在路边,有谁闻得到这丝丝缕缕的香气?惟有那些寻觅芬芳的蝴蝶与蜜蜂。

杏花诗
南北朝 / 庾信

春色方盈野,枝枝绽翠英。
依稀映村坞,烂漫开山城。
好折待宾客,金盘衬红琼。

译文：
　　春色刚刚出现在茫茫的原野上，枝枝杏花便已悄然绽放。
　　抬眼望去，远处的村庄里有杏花依稀点缀的粉红，近处的山城更是一片灿然。
　　小心地折下一枝赠送宾客，放在金色的盘子里，仿佛红色的美玉光彩夺目。

惊蛰

每年公历3月5日或3月6日。"春雷响,万物长",春雷乍动,惊醒了蛰伏在土壤中冬眠的动物。这时气温回升较快,渐有春雷萌动。

拟古·仲春遘时雨
东晋/陶渊明

仲春遘时雨,始雷发东隅。
众蛰各潜骇,草木纵横舒。
翩翩新来燕,双双入我庐。
先巢故尚在,相将还旧居。
自从分别来,门庭日荒芜。
我心固匪石,君情定何如?

译文:
　　仲春时节,春雨应时而下,东方响起了阵阵春雷。
　　冬眠中的蛰虫受到惊扰(纷纷苏醒),刚刚发芽的草木也因为春雨滋润得以纵横舒展。
　　新燕翩翩飞来,成双成对飞到我的屋檐下。
　　去年的旧巢还在,它们便继续相携住下。
　　自从与你们分别以来,我的门庭日渐冷清。
　　我的心依旧坚如磐石(长期隐居的想法不变),不知你们的心情是否也如此呢?

译文：
　　三月，东园里因为狂风暴雨，桃花李花被一扫而空，枝叶飘零。
　　只有山茶偏偏经得住这风雨的摧残，绿叶丛中又有数枝红花绽放，傲立枝头。

山 茶
宋 / 陆游

东园三月雨兼风,桃李飘零扫地空。
唯有山茶偏耐久,绿丛又放数枝红。

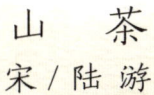

桃 花
唐 / 周朴

桃花春色暖先开,明媚谁人不看来。
可惜狂风吹落后,殷红片片点莓苔。

译文:
　　春日渐暖,桃花先于其他花儿已然绽放,如此明艳娇媚,有谁不想多看上两眼呢?
　　可惜一阵狂风之后,桃花被纷纷吹落,殷红片片,只能点缀于青苔之上了。

译文：
（一片蔷薇花开）朵朵都是那么生机勃勃，每片叶子都十分柔嫩。雨过天晴，蔷薇花香轻拂行人，令人心醉神迷。
这丛丛的蔷薇花，如同晋代石崇布下的五十里锦幛，不惧狂风，淡定从容，在夜间依旧坚韧怒放。

蔷薇花
唐/杜牧

朵朵精神叶叶柔,雨晴香拂醉人头。
石家锦幛依然在,闲倚狂风夜不收。

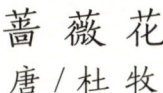

春分(七绝)
南唐 / 徐 铉

春分雨脚落声微,柳岸斜风带客归。
时令北方偏向晚,可知早有绿腰肥。

春 分

每年的3月20日或3月21日。此时阳光直照赤道，北半球开始白昼长于黑夜。我国大部分地区的越冬作物将进入春季生长阶段。

译文：
　　春分时节，细雨绵绵，轻轻地飘落，几乎不为人察觉。杨柳依依，微风轻柔地将客人带回岸边。
　　这样的时节在北方出现得略晚，气候变暖也慢于南方。殊不知，如今南国已是草长莺飞，春暖花开。

辛夷坞

唐 / 王维

木末芙蓉花，山中发红萼。
涧户寂无人，纷纷开且落。

译文：
　　形似芙蓉的辛夷花开在枝头，于山中静静地绽放着红色的花萼。
　　涧边寂静无人，美丽的花朵就这样纷纷扬扬地开了又落。

海　棠

宋 / 苏　轼

东风袅袅泛崇光，香雾空蒙月转廊。
只恐夜深花睡去，故烧高烛照红妆。

译文：
　　袅袅春风轻轻吹散云彩，露出皎洁的月光。海棠花的香气与朦胧的雾气相融，月亮已经悄悄转过回廊。
　　我唯恐夜深海棠花睡去，因此燃起长烛，照向它娇艳的模样，不肯错过这欣赏的时机。

译文：
　　梨花淡白，柳条深青，柳絮纷飞时，梨花飘满城。略带惆怅的我站在东栏边，恰如一株白雪般的梨树。
　　看着这纷纷扬扬的柳絮、淡雅素洁的梨花，把这人生也看得透彻、分明。

东栏梨花

宋 / 苏轼

梨花淡白柳深青,柳絮飞时花满城。
惆怅东栏一株雪,人生看得几清明。

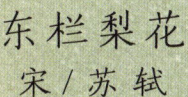

译文：
　　又到了清明时节，小雨淅淅沥沥，赶路行人愁容满面、伤心欲绝。
　　想找个歇脚的地方，便向行人打听哪里有酒馆，一个小牧童指着远处说：前面就是杏花村了。

清　明
唐 / 杜牧

清明时节雨纷纷，路上行人欲断魂。
借问酒家何处有？牧童遥指杏花村。

清明

每年的公历4月4日或4月5日，在仲春与暮春之交。"清明"最早是节气的名称，后来变成纪念祖先的节日，与寒食节有关。清明时气温回升，"万物生长此时，皆清洁而明净。故谓之清明"。

宣城见杜鹃花

唐/李白

蜀国曾闻子规鸟,宣城还见杜鹃花。
一叫一回肠一断,三春三月忆三巴。

译文：
　　在故乡蜀国时，曾听过子规鸟的啼鸣。如今来到异乡宣城，又见到了如火般的杜鹃花。
　　子规鸟的叫声凄婉，让人愁肠寸断。在这阳春三月，我又开始怀念故乡三巴。

木兰花慢·拆桐花烂漫（节选）
宋／柳 永

拆桐花烂漫，乍疏雨、洗清明。
正艳杏浇林，缃桃绣野，芳景如屏。
倾城。尽寻胜去，骤雕鞍绀幰出郊坰。
风暖繁弦脆管，万家竞奏新声。

译文：
　　桐树花开，眼前一片绚烂。一阵小雨刚过，把世间万物洗得清明透亮。
　　杏花正艳，如火焰；缃桃花遍野，似画屏。
　　到郊外踏青的人很多，仿佛倾城而出，全都骑着马、驾着车，寻美景而去。
　　风儿和暖，乐声喧嚣，千家万户竞相演奏起歌颂春天的美妙旋律。

春旱四首
宋 / 刘克庄

清明未雨下秧难,小麦低低似剪残。
穷巷萧然惟饮水,家童忽报井源乾。

译文:
　　清明时节未见下雨,田地里想要插秧很是艰难,小麦也低垂着头似残缺不全。
　　穷人的巷子里一片萧条冷清,大家都在谈论饮水的话题。这时,家里的孩子跑过来说:井里也已经干枯了。

柳花词三首
唐 / 刘禹锡

开从绿条上,散逐香风远。
故取花落时,悠扬占春晚。

轻飞不假风,轻落不委地。
撩乱舞晴空,发人无限思。

晴天暗暗雪,来送青春暮。
无意似多情,千家万家去。

译文：

柳花绽放于绿枝条上，随着春风四处飘远。
选择在众花落尽时节开放，便气定神闲地占据了晚春的景色。

它轻轻飞落，无须向风儿借力；缓缓落下，不用在大地面前卑微。
晴空之下，花儿载歌载舞，引发人们无限遐思。

在天晴的时候，它如同落下暗色的雪花，仿佛在为这晚春送行。
它们看似无意，却是多情，向着千家万户缓缓飞去。

谷雨

每年公历4月20日或4月21日。"谷雨"是春季最后一个节气,古人曾有"雨生百谷"之说。因为这段时期雨水对谷类作物的生长发育有重要作用,故称"谷雨"。

牡丹图
明/唐寅

谷雨花枝号鼠姑,戏拈彤管画成图。
平康脂粉知多少,可有相同颜色无。

译文:
　　谷雨时节,牡丹(别称"鼠姑")盛开。随手拿起笔,将这样的景色画成图画。
　　平康坊美丽的女子很多,却没有容貌完全相同的,她们如同这丛丛的牡丹,各不相同,风姿绰约。

043

紫藤树

唐 / 李白

紫藤挂云木,花蔓宜阳春。
密叶隐歌鸟,香风留美人。

译文:
　　紫藤挂在高高大大的树上,花开得灿烂夺目,正适合这个温暖的春天。
　　茂密的叶子隐藏了啼鸣的鸟儿,弥漫在空气中的紫藤花香,让美人驻足而不忍离去。

春暮游小园

宋 / 王淇

一从梅粉褪残妆,涂抹新红上海棠。
开到荼蘼花事了,丝丝天棘出莓墙。

译文:
　　自从粉红的梅花凋零之后,这一抹红色又来到了海棠花的脸上。
　　直到荼蘼花也开尽,又会有酸枣树的枝叶攀出长满莓苔的墙壁。

赏牡丹
唐/刘禹锡

庭前芍药妖无格,池上芙蕖净少情。
唯有牡丹真国色,花开时节动京城。

译文:
　　庭院前的芍药花,虽娇艳却格调不高。池塘里的荷花,明净无瑕但缺少热情。
　　只有牡丹可谓国色天香,盛开时让整个京城为之轰动。

立 夏

宋/赵友直

四时天气促相催,一夜薰风带暑来。
陇亩日长蒸翠麦,园林雨过熟黄梅。
莺啼春去愁千缕,蝶恋花残恨几回。
睡起南窗情思倦,闲看槐荫满亭台。

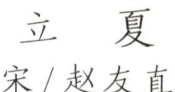

译文:
　　四季总是互相催促着上阵,一夜的暖风就把暑天带来了。
　　田间越来越热,绿色的小麦眼看就要变黄;园林里,一阵雨后,黄梅也渐渐成熟。
　　黄莺啼鸣,像在为春天的离去抒发愁绪;蝴蝶飞舞,如同为凋零的花朵反复地惆怅。
　　午后睡起,慵懒地躺在南窗下,悠闲地赏着那满院的槐荫,无比惬意。

立夏

每年公历5月5日或5月6日。"立夏"是夏天的第一个节气,"夏气重渊底,春光万象中"。因为此时万物皆茁壮成长,大自然一幅充满阳光的惬意景象,故名"立夏"。

唐昌观玉蕊花
唐/王建

一树笼松玉刻成,飘廊点地色轻轻。
女冠夜觅香来处,唯见阶前碎月明。

译文：
　　玉蕊花开，一树繁茂，白花点点，如白玉雕刻而成。零星花落，廊间碎花朵朵，颜色浅淡，画面优雅。
　　女道士夜里寻找香气的来处，只看到了台阶前铺在玉蕊花上的明月。

译文:
　　五月的石榴花灿烂盛开,照得眼睛里红彤彤一片。枝杈间偶尔能够看到刚刚结的石榴籽。
　　可惜此处没有车马经过,无人欣赏这美景。凋落的红花落到青苔上,看起来有些寂寞孤清。

题榴花
唐 / 韩愈

五月榴花照眼明,枝间时见子初成。
可怜此地无车马,颠倒青苔落绛英。

云阳寺石竹花

唐 / 司空曙

一自幽山别,相逢此寺中。
高低俱出叶,深浅不分丛。
野蝶难争白,庭榴暗让红。
谁怜芳最久,春露到秋风。

译文:
    自从上次看到石竹花,还是在幽静的山中,这次在云阳寺与它重逢。高低不等的叶子里都有它们的身影,深浅不一的颜色遍布丛中。野生的蝴蝶难与其争洁白,庭院里的石榴花也输给了它的红艳。何人爱石竹花像我这般长久?可以从春一直到秋。

点绛唇 · 素香丁香
宋 / 王十朋

落木萧萧,琉璃叶下琼葩吐。
素香柔树。
雅称幽人趣。
无意争先,梅蕊休相妒。
含春雨。
结愁千绪。
似忆江南主。

译文:
　　树叶还有些稀疏,晶莹透绿的丁香叶下,紫色的丁香花已经开放。淡淡的香气环绕着树干,雅士称其为幽居之人的闲趣。丁香无意与群芳争先,梅花不用嫉妒。整株丁香花在凄凄春雨中看起来愁肠百转,好像在思念江南的故土。

译文：
　　南风吹起原上的野草，茂盛的草丛深处掩映着小小的茅舍。
　　麦穗刚刚长齐，如同稚嫩的娃娃。桑叶正肥，蚕宝宝可以吃得很饱。
　　老翁看着这样的好年景，感到很满足。农妇只顾忙着田里的活计，却无暇欣赏这些好景色。
　　野海棠长得正艳，梨花也开得茂密，晚莺栖于枝头发出悦耳的啼鸣。石榴花红透山间，与山鸟的啁啾声相映成趣。
　　如此惬意的农家乐有谁知道呢？只有我，却也觉出选择归隐已然太晚。
　　这样的生活应在身体强健时就开始，看看我自己，如今已在岁月蹉跎中日渐衰老。

小满

每年公历5月21日或5月22日。此时麦类等夏熟作物的颗粒开始饱满,但还未成熟,只是"小满",还未"大满",所以人们把这段时间称之为"小满"。

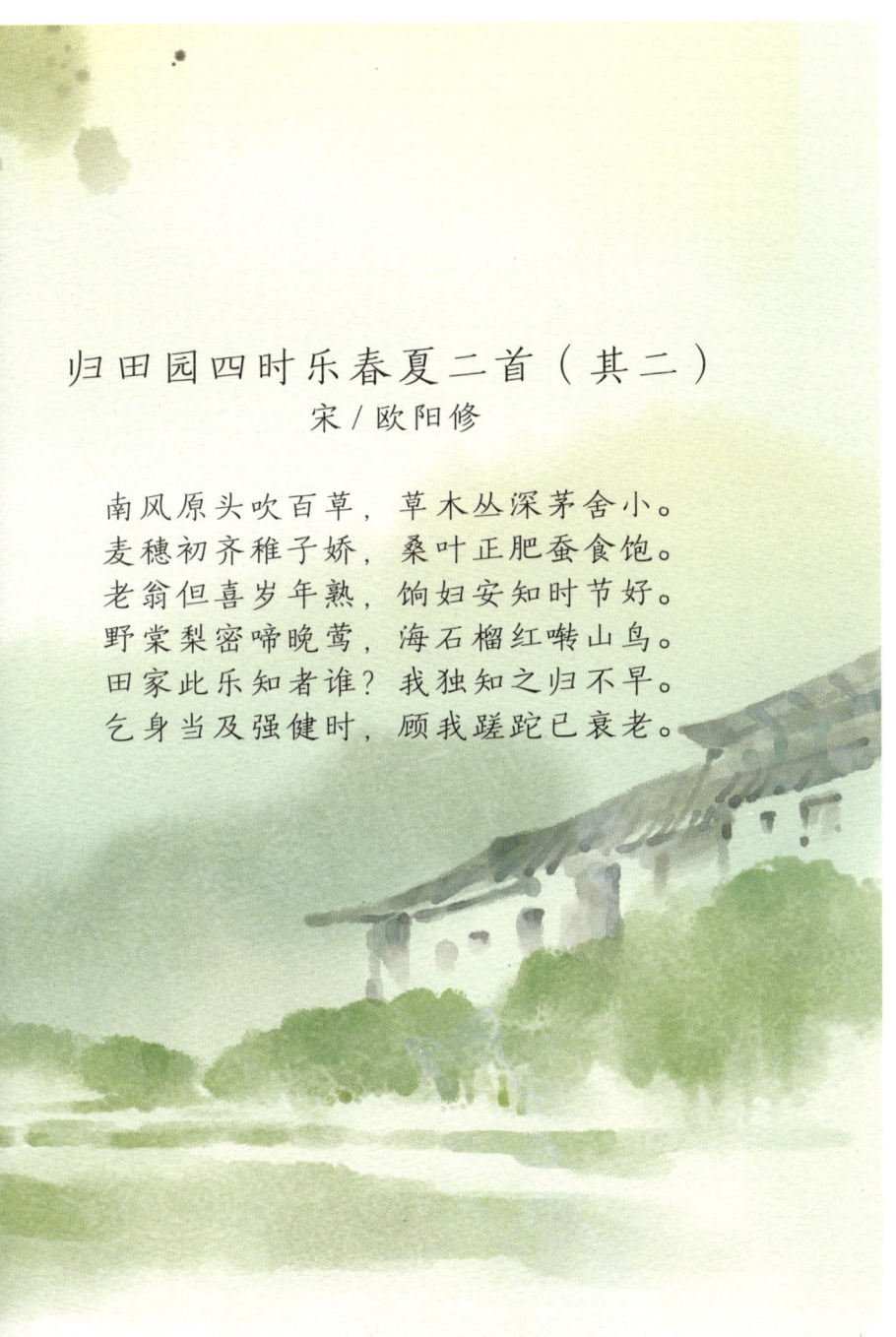

归田园四时乐春夏二首(其二)
宋/欧阳修

南风原头吹百草,草木丛深茅舍小。
麦穗初齐稚子娇,桑叶正肥蚕食饱。
老翁但喜岁年熟,饷妇安知时节好。
野棠梨密啼晚莺,海石榴红啭山鸟。
田家此乐知者谁?我独知之归不早。
乞身当及强健时,顾我蹉跎已衰老。

百合花

宋 / 韩维

真葩固自异,美艳照华馆。
叶间鹅翅黄,蕊极银丝满。
并蒂虽可佳,幽根独无伴。
才思羡游蜂,低飞时款款。

译文:
  真正的花儿从来就与众不同,绽放时的美丽照亮了整个房间。
  它的叶片上透着鹅黄色,银丝般的花蕊更显高雅。
  虽然可以并蒂开花,但百合的根却是单独一个。
  有时它也会羡慕那些飞来飞去的蜂蝶,它们慢慢低飞时,是那样自在闲适。

感芍药花寄正一上人

唐/白居易

今日阶前红芍药,几花欲老几花新。
开时不解比色相,落后始知如幻身。
空门此去几多地?欲把残花问上人。

译文:
　　今日在台阶前开放的这些红色芍药,有几朵将要凋谢,也有几朵刚刚吐蕊。
　　盛开时它们不会有什么领悟,纷纷在比较谁更美,而残败后才知,这些不过是一时的幻象。
　　不知这些花儿离悟道还有多远的距离,我想拿着几朵残花去问问正一上人。

芒种后经旬无日不雨偶得长句

宋/陆游

芒种初过雨及时,纱厨睡起角巾欹。
痴云不散常遮塔,野水无声自入池。
绿树晚凉鸠语闹,画梁昼寂燕归迟。
闲身自喜浑无事,衣覆熏笼独诵诗。

译文:
　　芒种刚刚过去,及时雨就来了。纱帐下睡起,头上的方巾也似歪斜。
　　云儿痴情,终日不散,常常遮在塔上方。流水有意,寂寂无声,悄悄流入小池塘里。
　　傍晚,郁郁葱葱的树下略有凉意,鸟儿叽叽喳喳地叫闹着。白天,房梁上寂静无声,燕子很晚才回来。
　　我这个大闲人,暗自庆幸无事牵绊,衣服搭在熏笼边,独自在诵诗。

芒种

每年公历6月5日或6月6日。"芒"是指麦类等有芒植物。"种"是指谷黍类作物播种的时令。"芒种"预示着农民开始了忙碌的田间生活。

枸 杞

宋 / 苏 轼

神药不自闭,罗生满山泽。
日有牛羊忧,岁有野火厄。
越俗不好事,过眼等茨棘。
青荑春自长,绛珠烂莫摘。
短篱护新植,紫笋生卧节。
根茎与花实,收拾无弃物。
大将玄吾鬓,小则饷我客。
似闻朱明洞,中有千岁质。
灵庞或夜吠,可见不可索。
仙人倘许我,借杖扶衰疾。

译文：
  神药枸杞并不独自生长，满山遍野生得很多。
  平日有被牛羊啃食的忧患，每年还有被野火吞噬的厄运。
  但它看破了俗世，不好争长短，很快长得就跟杂草差不多的样子。
  春天时，其青色的嫩芽会再次生长，去年腐烂的红珠也就不要再摘了。
  来看看我这小苗圃，短短的篱笆守护着新生的枸杞，紫色的小花生在横卧的枝节上。
  枸杞的根茎、花与果实都是宝贝，全身没有废弃之物。
  大的可以让头发变黑，小的可以用来烹茶待客。
  好像听说朱明洞里有长生不老之物，像千年枸杞根这种，叫灵庞或夜吠，只能看看，不能索取。
  神仙如果允许，我便借一根作为手杖，以治愈这衰老之躯。

译文：
　　夏至这天，白昼的时间达到极限，自此之后，夜晚的时间开始变长。
　　还没来得及实施自己的各项计划，已经开始为季节交替、冷热变换而担忧。
　　平日里公务不多，但这个月的农事比较繁忙。
　　我这个当官的，还惦念着田里的农民，外面的酷热不知他们如何抵挡。
　　中午，众人和花鸟鱼虫都已歇息，只有我喜欢在池塘边游玩。
　　城门紧闭，阴凉静寂；城墙高耸，树木苍翠。
　　嫩绿的竹子还带着些粉色，圆圆的荷花已经开始散发清香。
　　在这里可以忘掉那些烦恼，拿起华丽的酒杯畅饮一番。

夏至

每年公历6月21日或6月22日。这天日光直射北回归线，出现"日北至，日长至，日影短至"，故曰"夏至"。夏至是一年中正午太阳离地面距离最远的一天。过了夏至，太阳直射点逐渐向南移动，北半球白昼日益缩短，黑夜日益加长。

夏至避暑北池
唐 / 韦应物

昼晷已云极，宵漏自此长。
未及施政教，所忧变炎凉。
公门日多暇，是月农稍忙。
高居念田里，苦热安可当。
亭午息群物，独游爱方塘。
门闭阴寂寂，城高树苍苍。
绿筠尚含粉，圆荷始散芳。
于焉洒烦抱，可以对华觞。

茉 莉
宋 / 杨万里

江梅去去木犀晚,萱草石榴刺人眼。
茉莉独立幽更佳,龙涎避香雪避花。

译文:
　　江梅已然凋谢,木犀花还未开放,
萱草、石榴花都太过刺眼夺目。
　　只有茉莉遗世独立,幽姿更美,
龙涎遮住其香气,大雪淹没其花。

译文：
　　我有一处万古不坏的"古宅"，就是嵩山南部的玉女峰。
　　皎洁的明月挂在东溪松间的美丽景象，会永远留在我的心头。
　　如今你要去那里采仙草，定会看到那漫山遍野开着紫花的菖蒲。
　　年底时我或许去探访你，到那时，也许你会在青天上骑着一条白龙来迎接我。

送杨山人归嵩山

唐 / 李白

我有万古宅,嵩阳玉女峰。
长留一片月,挂在东溪松。
尔去掇仙草,菖蒲花紫茸。
岁晚或相访,青天骑白龙。

寄酬韩冬郎兼呈畏之员外

唐 / 李商隐

十岁裁诗走马成,冷灰残烛动离情。
桐花万里丹山路,雏凤清于老凤声。

译文:
　　宴席进行到尾声,看着桌上烧了一大半的残烛和已经冷却的灰烬,大家都有些伤感。十岁的韩冬郎即席作了一首诗,速度极快。
　　遥远的丹山路上,开满了美丽的梧桐花。花丛中,雏凤清脆的叫声与老凤凰浑厚的鸣声交融,听起来甚是悦耳。

小暑

每年公历7月7日或7月8日。"暑"是炎热的意思。"小暑"表示炎热的夏天正式开始,正如谚语所说"小暑不算热,大暑三伏天"。

小暑六月节
唐/元稹

倏忽温风至,因循小暑来。
竹喧先觉雨,山暗已闻雷。
户牖深青霭,阶庭长绿苔。
鹰鹯新习学,蟋蟀莫相催。

译文:
暖风突然降临,原来是追着小暑而来。
竹林喧哗,首先觉出了雨的气息。山间变得昏暗,已经听到了雷鸣。
空气湿润,门庭上方好像被青烟环绕,台阶上也结了一层厚厚的青苔。
天上的鹰鹯已经开始练习捕猎,蟋蟀还未长大,暂时不要去催促它们。

咏凌霄花
宋 / 贾昌朝

披云似有凌霄志,向日宁无捧日心。
珍重青松好依托,直从平地起千寻。

译文：
　　攀爬且盛开在悬崖，仿佛身披彩云的凌霄花，看起来志存高远。虽然都向着太阳开放，但它们却没有半点奉承之心。
　　凌霄花清楚，自己要依附青松等植物才能拔地而起，升至极高，因此它对这些植物充满感激之情。

荷 花
清 / 石涛

荷叶五寸荷花娇,贴波不碍画船摇。
相到薰风四五月,也能遮却美人腰。

译文：
　　五寸宽的荷叶托着娇艳的荷花，密密地贴在水面上，却不妨碍船儿的前行。待到四五月间，暖风和煦，荷叶荷花的高度差不多也能遮住美人的腰了。

译文：
　　园中百花在美好的年华妩媚微笑，池中百草在春色中更显艳丽夺目。
　　但这些都比不上木槿花，在洁白的台阶旁静静绽放惹人怜。
　　花草的繁茂消失得很快，转眼之间便凋零入土。
　　哪里像这高贵的木槿花，一年四季都开放得美丽绚烂。

咏 槿

唐 / 李白

园花笑芳年,池草艳春色。
犹不如槿花,婵娟玉阶侧。
芬荣何夭促,零落在瞬息。
岂若琼树枝,终岁长翕赩。

和子由记园中草木十一首其一(节选)
宋/苏轼

萱草虽微花,孤秀能自拔。
亭亭乱叶中,一一芳心插。

译文:
  虽然是很不起眼的小花,萱草却不自轻自贱,可以一枝独秀,坚韧不拔。
  在一丛丛的乱草中,萱草精心地开放着,一朵又一朵,雅致又美丽。

和王定国二首其一
宋 / 晁补之

可怜好月如好人,我欲招之入窗户。
人言明日当大暑,君看繁星如万炷。
想君映月读书时,清似列仙臞不肥。
我正甘眠愁日出,朝骑一马暮还归。

大 暑

每年的公历7月22日或23日。这是一年中最热的时期,农作物生长得很快。古语说"大者乃炎热之极也"。

译文:
看着一轮明月,如同一位好友,真想把它招入窗内叙叙旧。
别人说明天就是大暑了,你看这满天的繁星,如同万根明烛。
想起你当年在月下读书的样子,模样清瘦得好像仙人。
我正酣睡中,却也在发愁天一亮就要骑马出发,傍晚才会回来。

苏秀道中

宋／曾几

苏秀道中，自七月二十五日夜大雨三日，秋苗以苏，喜而有作。

一夕骄阳转作霖，梦回凉冷润衣襟。
不愁屋漏床床湿，且喜溪流岸岸深。
千里稻花应秀色，五更桐叶最佳音。
无田似我犹欣舞，何况田间望岁心。

译文：
　　多日的似火骄阳终于在夜里转为甘霖，梦中都觉得阴冷，身上的衣服也有些潮湿。
　　不为屋里漏雨、床褥变湿发愁，只为小溪小河里的水涨满而高兴。
　　千里的稻花应该是最迷人的景色，五更时分的雨打梧桐的声音，在我听来是最美妙的音乐。
　　像我这般没有田地的，都要高兴得手舞足蹈，更何况那些日日在田里劳作、盼望丰收的农民呢？

凤仙花
唐 / 吴仁璧

香红嫩绿正开时,冷蝶饥蜂两不知。
此际最宜何处看,朝阳初上碧梧枝。

译文:
  红艳艳的花,绿油油的叶,凤仙花正灿烂盛开,但那些追逐花香的蝶蜂却嗅不到它的气息。
  凤仙花开放时最适合什么时间观赏呢?应该在清晨太阳初升刚刚照到它的美好的树干之时。

栀 子

唐 / 杜 甫

栀子比众木，人间诚未多。
干身色有用，与道气伤和。
红取风霜实，青看雨露柯。
无情移得汝，贵在映江波。

译文：
　　与其他植物比起来，栀子在世上真可谓少见。
　　既可以从其身上提取黄色染料，又具有药用价值，能够理气治病。
　　栀子的果实经秋霜变成红色，枝叶则因夏雨更显青翠。
　　因为喜欢温润气候，栀子常在江边生长，比较珍贵。除此之外，我不知该喜欢什么别的植物了。

蜀葵花歌
唐 / 岑参

昨日一花开,今日一花开。
今日花正好,昨日花已老。
始知人老不如花,可惜落花君莫扫。
人生不得长少年,莫惜床头沽酒钱。
请君有钱向酒家,君不见,蜀葵花。

译文:
　　昨日一朵蜀葵花开,今日一朵蜀葵花开。
　　今天的花正娇艳,昨天的花已色衰。
　　看过这些才知道,人的老去比花儿的凋零还要快。看看那些地上的落花,满心感慨,希望你们先不要清扫去。
　　人生不会永远是少年,别怜惜那些床头的买酒钱。
　　今朝有酒今朝醉,去酒家喝一杯吧,难道你没有看见那些瞬间零落的蜀葵花吗?

立秋

每年公历8月7日或8月8日。"立秋"预示着夏天即将过去,秋天即将来临。"立秋"意味着禾谷开始成熟,植物开始结果,收获季节要到了。

立 秋
宋/刘翰

乳鸦啼散玉屏空,一枕新凉一扇风。
睡起秋声无觅处,满阶梧桐月明中。

译文:
　　小乌鸦的啼鸣声散去,留下院中空空荡荡的玉面屏风。暑去秋来,枕上有了凉意,一阵风吹,更觉秋的气息。
　　半夜睡起,在院中踱步,刚刚感受到的秋意,此时又似无处可寻。恍然看到清冷的明月以及台阶上落下的梧桐叶,心中也便有了答案。

夹竹桃花
宋 / 曹组

晓栏红翠净交阴,风触芳葩笑不任。
既有柔情慕高节,即宜同抱岁寒心。

译文:
  清晨,栅栏内的夹竹桃花迎着朝阳开放,红花绿叶全交织在一起,形成一片阴凉。风儿习习,吹得花枝微颤,行人见之无不心生欢喜,微笑浮面。
  既然有向往高尚节操之情,夹竹桃花就应与"岁寒三友"——松竹梅一起,共同保持高洁淡雅之心。

紫薇花
唐/杜牧

晓迎秋露一枝新,不占园中最上春。
桃李无言又何在,向风偏笑艳阳人。

译文:
  清晨,紫薇花在秋露的润泽下,显得焕然一新,却不与园中其他花儿争艳。
  桃李曾经无比芬芳,但如今又在哪里呢?只有紫薇花迎着风,在艳阳中微笑。

长江二首

宋／苏 洞

处暑无三日，新凉直万金。
白头更世事，青草印禅心。
放鹤婆娑舞，听蛩断续吟。
极知仁者寿，未必海之深。

处暑

每年公历8月23日前后。"处"是终止的意思。"处暑"是代表气温由炎热向寒冷过渡的节气,表示炎热即将过去,秋意渐浓。此时是人们"出游迎秋"的好时节。

文:
处暑过不了三日,初秋的凉意便值万两金。
年纪大了,头发白了,更加明了世事。青青草地上印着我的一颗修禅之心。
白鹤放飞,在空中婀娜起舞。蟋蟀两三只,在夜里断断续续啼鸣。
这才发现所谓仁义之人的长寿,还是没有大海那样深沉。

药堂秋暮
唐 / 钱起

隐来未得道,岁去愧云松。
茅屋空山暮,荷衣白露浓。
唯怜石苔色,不染世人踪。
潭静宜孤鹤,山深绝远钟。
有时丹灶上,数点彩霞重。
勉事壶公术,仙期待赤龙。

白露

每年公历 9 月 7 日到 9 月 9 日。露是"白露"节气时特有的一种自然现象。此时天气转凉,空气中的水蒸气夜晚常在草木等物体上凝成白色的露珠,晶莹剔透,惹人喜爱,故名"白露"。

译文:
　　归隐已久,却并未得道,一恍数年,有些愧对这山上的云松。
　　暮色掩映下,茅舍、山间空空荡荡,身上的隐士服随风飘逸,秋霜白露的气息颇为浓郁。
　　十分怜惜那石苔上的青色,因尚未沾染世间人的足迹而更显孤寂。
　　潭水沉静,适宜孤单的仙鹤栖息。
　　山高岭深,远处的钟声已听不真切。
　　丹炉上偶尔会有彩霞点点。
　　还是继续修炼我的"壶公之术"吧,成仙之日,期待会有赤龙翱翔在天。

咏红柿子

唐 / 刘禹锡

晓连星影出,晚带日光悬。
本因遗采掇,翻自保天年。

译文：
  红彤彤的柿子，拂晓时仿佛携着星星的光泽，晚上则晶莹如汲取了太阳的精华。
  本来是因为相貌平凡被忘记了采摘，没想到它却有着保养身体、使人益寿延年的功效。

西塍废圃
宋 / 周密

吟蛩鸣蜩引兴长,玉簪花落野塘香。
园翁莫把秋荷折,留与游鱼盖夕阳。

译文:
    不住鸣叫的蟋蟀和秋蝉,引发了我的兴致。洁白的玉簪花落入池塘,满塘充溢花香。
    劝园主别把塘中的秋荷折掉,留给鱼儿畅游遮阳吧!

译文：
　　眼看到了秋分时节，风儿凄清霜露冷，秋天已经过半。
　　月凉如水，莹光满庭院；桂花飘香，清气远可闻。
　　想象此时的仙界，一定是仙人衣袂宽大，携白练款款而飞，仪仗飘飘。
　　回到人间，女子的衣服在人群中因拥挤而略显凌乱。银桥上，众客已散去。
　　只有昭华管乐的声音响彻夜空。

秋分

每年公历9月23日或9月24日。秋分日居秋季九十天之中,平分了秋季。这一天太阳几乎直射赤道,南方的气候则由这一节气才开始入秋。此日后,太阳直射点位置南移,北半球开始昼短夜长。

点绛唇
宋／谢逸

金气秋分,风清露冷秋期半。
凉蟾光满,桂子飘香远。
素练宽衣,仙仗明飞观。
霓裳乱,银桥人散。
吹彻昭华管。

村　居
宋／张舜民

水绕陂田竹绕篱，榆钱落尽槿花稀。
夕阳牛背无人卧，带得寒鸦两两归。

译文：
　　流水环绕着农田，竹墙环绕着篱笆，榆钱已经落尽，槿花也稀稀落落。
　　夕阳西下，水牛归来，背上却无人坐卧，只有两只寒鸦闲立。

月夜梧桐叶上见寒露
唐/戴察

萧疏桐叶上,月白露初团。
滴沥清光满,荧煌素彩寒。
风摇愁玉坠,枝动惜珠干。
气冷疑秋晚,声微觉夜阑。
凝空流欲遍,润物净宜看。
莫厌窥临倦,将晞聚更难。

寒 露

每年公历10月8日或10月9日。此时秋季时节正式开始。"寒露"表示气温下降，露水更凉，气温比"白露"时更低，地面的露水更冷，露水有森森寒意。

译文：

稀稀落落的梧桐叶间，刚刚升起的明月将圆未圆。

借着月色，露珠泛光，在这个素雅的夜里显得极为耀目。

秋风萧瑟，摇曳着树叶，如同随时会掉落的玉坠；轻捏着树枝，其上的露珠让人怜惜。

夜寒气冷，让人怀疑秋天已经结束；万物的声音变得轻细，更加衬出夜的深沉。

这样的气息在世间走遍，将万物滋润得洁净宜人，更适合玩味欣赏。

不要觉得这样的观察令人厌倦，须知，等到白昼降临，要将它们聚齐十分不易。

鸡冠花
唐／罗邺

一枝秾艳对秋光,露滴风摇倚砌傍。
晓景乍看何处似,谢家新染紫罗裳。

译文:
　　色彩艳丽的鸡冠花,在秋色中摇曳生姿。微风习习,露水闪烁,倚在台阶旁的花儿更显妩媚。
　　清晨乍看,那一丛丛的紫红究竟跟什么相像?原来如同谢家新染的衣裳。

咏 桂
唐／李 白

世人种桃李，皆在金张门。
攀折争捷径，及此春风暄。
一朝天霜下，荣耀难久存。
安知南山桂，绿叶垂芳根。
清阴亦可托，何惜树君园。

译文：
　　世人选拔官员，都是官僚子弟优先。
　　好在春风得意之时攀附显贵，走人生的捷径。
　　然而一旦"霜露"降临，他们就像桃李一般，难以保持长久的繁华与荣耀。
　　你们哪里知道南山上的桂花树，绿叶森森，芳根牢固。
　　人们可以在树下获得一份清凉与惬意。既然这样，何不把它栽种到你的庭院里呢？

菊 花
唐/元 稹

秋丛绕舍似陶家,遍绕篱边日渐斜。
不是花中偏爱菊,此花开尽更无花。

译文:
　　一丛丛的秋菊环绕着农舍,好像到了陶渊明先生的家。我绕着这家的篱笆墙赏菊,一圈又一圈,不知不觉中,太阳竟已西斜。
　　百花之中,不是我最喜欢菊花,而是因为它凋零得最晚,如果它凋败,后面也就无花可赏了。

九月九日忆山东兄弟

唐 / 王 维

独在异乡为异客,每逢佳节倍思亲。
遥知兄弟登高处,遍插茱萸少一人。

译文:
　　独自在异乡奔波,总能感觉到自己客人的身份。每逢佳节就更加思念亲人。
　　今天是九月初九重阳节,远在家乡的兄弟们一定会去登高望远。大家身上都佩带着茱萸,唯独缺我一个。

长相思·一重山

南唐/李 煜

一重山,两重山。
山远天高烟水寒,相思枫叶丹。
菊花开,菊花残。
塞雁高飞人未还,一帘风月闲。

译文:
　　一道山,两道山,层层叠叠,起伏不断。
　　遥远的山,辽阔的天,烟波浩渺,寒气袭人,而我对你的思念,却像那火焰般的枫叶炽热。
　　菊花开,菊花落,时间一天天过去。
　　边塞的鸿雁振翅高飞,我思念的人却还未归来,只有吹在帘上的清风和照在帘上的明月伴在身边。

季秋已寒节令颇正喜而有赋

宋 / 陆游

霜降今年已薄霜,菊花开亦及重阳。
四时气正无愆伏,比屋年丰有盖藏。
风色萧萧生麦陇,车声碌碌满鱼塘。
老夫亦与人同乐,醉倒何妨卧道傍。

译文:
　　今年的霜降时节,空气中已有一层薄霜。菊花开放的时节,也正好在重阳节。
　　四季气候正常,家家户户都大丰收,储藏的食物、粮食很充足。
　　田地里、鱼塘边,到处都是车马声,风儿发出萧萧的声响,大家都在喜迎收获。
　　老夫我也与农人同乐,即使开怀痛饮,醉倒在道旁又有何妨?

霜 降

每年公历10月23日或10月24日。"霜降"为秋天的最后一个节气,"霜降"表示天气逐渐变冷,露水凝结成霜,这也意味着冬天即将来临。

秋 海 棠

清 / 秋 瑾

栽植恩深雨露同，一丛浅淡一丛浓。
平生不借春光力，几度开来斗晚风？

译文：
　　栽植的恩情重如山。享受着雨露同样滋润而盛开的秋海棠有的颜色浅淡，有的浓墨重彩，缤纷各异。
　　秋海棠的一生不会凭借春光绽放，它经常在晚秋盛开，与秋风搏击、战斗。

少年游·重阳过后

宋 / 晏殊

重阳过后,西风渐紧,庭树叶纷纷。
朱阑向晓,芙蓉妖艳,特地斗芳新。
霜前月下,斜红淡蕊,明媚欲回春。
莫将琼萼等闲分,留赠意中人。

译文:
  重阳节过后,西风一日紧似一日,庭院里的树叶纷纷落地。
  秋日的清晨,斜靠在朱色栏杆上往院里瞧,只有芙蓉花娇艳欲滴,将那片园子衬托得十分美丽。
  清霜冷,秋月凉,看着院里的芙蓉,红花黄蕊,妩媚得像要把春天带回。
  劝君别把这美玉般的花随便摘下送人,一定要留给自己的意中人。

德远叔坐上赋肴核八首银杏
宋 / 杨万里

深灰浅火略相遭,小苦微甘韵最高。
未必鸡头如鸭脚,不妨银杏作金桃。

译文：
　　埋入深灰，小火微烤，这样加工过的银杏稍微清苦，略有甘甜，吃起来最有味道。
　　芡实就不一定比银杏好吃，不妨把银杏看作金桃。

立 冬

唐 / 李 白

冻笔新诗懒写,寒炉美酒时温。
醉看墨花月白,恍疑雪满前村。

译文:
  天寒地冻,笔下成霜,新诗也懒得创作。只愿守着火炉,时不时地温一下美酒,享受这屋内温暖的时光。
  醉看自己的作品,再望窗外的明月,那满院白光,恍惚以为是大雪铺地。

立冬

每年公历 11 月 7 日或 8 日。"立冬"表示冬季自此开始。"冬，终也，万物收藏也"。意思是说这时秋季作物全部收晒完毕，收藏入库，动物也已藏起来准备过冬。

浣溪沙·咏橘
宋/苏轼

菊暗荷枯一夜霜。
新苞绿叶照林光。
竹篱茅舍出青黄。
香雾噀人惊半破,
清泉流齿怯初尝。
吴姬三日手犹香。

译文:
　　一夜冷霜后,菊花暗淡,荷花枯黄。
　　新橘却展着绿叶、发着光芒,把整个林子都照亮。
　　青黄相间的橘树林中,隐约可以看到茅舍与竹篱。
　　剥开一个橘子,香气喷溅,令人微惊又喜。
　　送入口中,轻轻品尝其滋味,酸甜适中,像清泉流淌于齿间。
　　吴地的美女拿过新橘之后,手上的香味更是三日不绝。

月 季

宋 / 苏 轼

花落花开无间断,春来春去不相关。
牡丹最贵惟春晚,芍药虽繁只夏初。
唯有此花开不厌,一年长占四时春。

译文:
  一年四季,花开花落,月季花几乎从不间断地绽放于世间。不管春去春来,气候如何变化,都与它无关。
  牡丹花最为珍贵,但只在晚春开放;芍药花开得繁茂,也仅在初夏与世人相见。
  只有月季花,对人间从不厌倦,能够占尽四时之美。

小 雪
唐/戴叔伦

花雪随风不厌看,更多还肯失林峦。
愁人正在书窗下,一片飞来一片寒。

译文:
　　雪花片片,随风飘扬,如诗如画,百看不厌。如若雪再大些,密林山峦也会隐于其中,消失不见。
　　满腹愁绪的我,正坐在书房窗下赏雪,一片雪花飞入,仿佛也带来一片寒意。

小雪

每年公历11月22日或11月23日。"小雪"意味着气温持续降低。由于此时天气寒冷,降水形式由雨变雪,天空中的雨水变成雪花,但是"地寒未甚",雪量不大,故称"小雪"。

咏茶梅花

宋 / 刘仕亨

小院犹寒未暖时,海红花发暮迟迟。
半深半浅东风里,好是徐熙带雪枝。

译文:
　　小院里尚有寒意,茶梅花却一直绽放,久久不败。
　　风中摇曳的花朵,有的深红,有的浅粉,煞是美艳,就像徐熙画作中那些带雪的花枝。

大雪

每年公历12月7日或12月8日。此时天气更冷，降雪的可能性更大。这是冬季的第三个节气，表示仲冬时节的开始。

夜 雪
唐 / 白居易

已讶衾枕冷，复见窗户明。
夜深知雪重，时闻折竹声。

译文：
　　先是惊讶于枕被之冰冷，又看到窗边亮如白昼。
　　夜深了才知道雪已下得很大，也时时能听到积雪压折竹子的声响。

山 居
唐 / 颜仁郁

柏树松阴覆竹斋,罢烧药灶纵高怀。
世间应少山间景,云绕青松水绕阶。

译文:
　　松柏成荫,密集覆盖着竹斋,引发我的诗情,索性不再守着药灶,转而抒发一下情怀。
　　人世间应该很少能见到如此幽美的山景,白云绕青松,流水过台阶,一切都无比淡雅而沉静。

邯郸冬至夜思家

唐/白居易

邯郸驿里逢冬至,抱膝灯前影伴身。
想得家中夜深坐,还应说着远行人。

冬至

每年公历12月22日或12月23日。"冬至"是中国农历中一个重要的节气。"冬至"这天，太阳直射地面的位置到达一年中的最南端，几乎直射南回归线。从这天之后白昼开始变长，代表着下一个四季循环的开始。

译文：
　　在邯郸的驿站里正遇上冬至，本是与家人团聚的佳节，我却一人抱膝而坐，面对孤灯，与影相伴。
　　在这样的夜晚，想象着亲人们应该是坐在一起，还谈论着我这个远行之人。

蜡　梅

宋／杨万里

天向梅梢别出奇，国香未许世人知。
殷勤滴蜡缄封却，偷被霜风拆一枝。

译文：
　　受上天厚爱，梅树枝梢别有一番新奇之美。但因时节未到，梅花之香尚未给世人知晓。
　　梅树上，数朵粉嫩的花苞丛生，如同被滴蜡封住均未绽放。只有一枝被寒霜偷偷拆开，在冬日里显得格外妩媚动人。

新 竹

清 / 郑 燮

新竹高于旧竹枝,全凭老干为扶持。
下年再有新生者,十丈龙孙绕凤池。

译文:
　　新竹子能高于旧竹枝,全凭借老枝的扶持。
　　下一年若再有竹子生出,将会长得更挺拔,将这池塘满满围绕。

朱槿花

唐 / 李绅

瘴烟长暖无霜雪,槿艳繁花满树红。
每叹芳菲四时厌,不知开落有春风。

译文：
　　岭南一带空气湿热，长期无霜无雪。娇艳的朱槿花开得繁茂，满树红色，锦绣如画。
　　每每叹息花儿在四月便开始凋落，却不知花开花落都是春风在暗中把握。

小寒

每年公历1月5日或1月6日。"小寒"是春天来临之前的严寒时期，这时会迎来"出门冰上走"的三九寒天。

浣溪沙·琴川慧日寺蜡梅
宋／吴文英

蝶粉蜂黄大小乔。
中庭寒尽雪微销。
一般清瘦各无聊。
窗下和香封远讯，
墙头飞玉怨邻箫。
夜来风雨洗春娇。

译文：
　　绽放的蜡梅，花蕊粉嫩，花瓣鹅黄，其状之美，让人想起三国时的绝色美人大乔、小乔。
　　慧日寺的庭院里已没有多少寒意，但仍有积雪未消。
　　几株蜡梅，一个文人，看起来都略显清瘦，各自无语，思量心事。
　　立于窗下，闻到了蜡梅香，仿佛远方传来春的消息。
　　墙那边却又飘来一缕如泣如诉的箫声。
　　那箫声好像在哀叹院里的蜡梅将会在一夜风雨后香消玉殒，美景不再。

梅 花

唐 / 崔道融

数萼初含雪,孤标画本难。
香中别有韵,清极不知寒。
横笛和愁听,斜枝倚病看。
朔风如解意,容易莫摧残。

译文:
　　数枝梅花初开,花朵上还残留白雪。如此高洁淡雅,想要用笔描摹是很难的。
梅花的香气中别有一番韵致,清新雅丽到极致,甚至对寒气都不在意。
笛声和着忧愁飘入耳中,(我)拖着病躯,斜倚在树旁看着这一切。
希望北风能体谅我的怜惜之心,不要轻易摧残这雪中傲然绽放的梅花。

水 仙 花

元 / 杨载

花似金杯荐玉盘,炯然光照一庭寒。
世间复有云梯子,献与嫦娥月里看。

大 寒

宋/陆游

大寒雪未消,闭户不能出,可怜切云冠,局此容膝室。
吾车适已悬,吾驭久罢叱,拂麈取一编,相对辄终日。
亡羊戒多歧,学道当致一,信能宗阙里,百氏端可黜。
为山傥勿休,会见高崒崛。颓龄虽已迫,孺子有美质。

译文:
　　大寒时节,冰雪未消,闭户不能出去,可惜了这顶切云冠,被安放在这局促的屋内。
　　我的车已被挂起,我的马已经好久不被驾驭,冬天待在家里没事,就用拂麈拍拍掸掸积了灰尘的书,然后翻翻看看,就这么相对着过了一整天。
　　丢失了羊群,最怕的是寻找的路太多;学习读书,应该信奉一种道理。如果宗族之中信念统一,则各家各户的争端一定会消除。
　　大山倘若没有被冰雪封住,一定能看到其雄伟、巍峨之貌。虽然我的年事已高,但孩子们还有美好的年华。

大寒

每年公历1月20日或1月21日。"大寒"是二十四节气中最后一个节气,是冬季即将结束的节气,此时隐隐中可以感受到大地回春的迹象。

瑞香花
宋 / 高文虎

云岑深处独翘翘,香逐吴山一梦销。
味入禅心清透澈,锦熏篝暖不容招。

译文:
　　烟雾缭绕的山岭深处,瑞香花独自开放,香气弥漫在吴山一带,令人神清气爽。
　　瑞香花入药,可以令人头脑清醒,心境安宁,但因喜阴,不适宜种在过热而不通风的环境中。

咏幽兰

清 / 康熙

婀娜花姿碧叶长,风来难隐谷中香。
不因纫取堪为佩,纵使无人亦自芳。

译文:
  兰花开放,婀娜多姿,碧绿的叶子优雅修长。风儿吹来,山谷中难以隐藏一缕缕兰花香。
  她不因可以被人摘取作为佩带而自以为是,即使深在山谷无人识,也能自在开放,美丽芬芳。

图书在版编目（CIP）数据

二十四节气里的花与诗 / 蓝草帽选遍；罗悦图. --北京：北京联合出版公司，2019.5（2022.3重印）
　ISBN 978-7-5596-2994-4

　Ⅰ．①二… Ⅱ．①蓝… ②罗… Ⅲ．①古典诗歌－诗集－中国②水墨画－花卉画－作品集－中国－现代 Ⅳ．①I222②J222.7

中国版本图书馆CIP数据核字（2019）第045749号

二十四节气里的花与诗

选编：蓝草帽　　翻译：宋　娜　　绘图：罗　悦

责任编辑：徐　鹏　　特约编辑：刘冬雪
出版策划：何　风　　营销推广：童立方
美术编辑：云无形　　技术监制：甘　果
北京联合出版公司
（北京市西城区德外大街83号楼9层 100088）
河北彩和坊印刷有限公司　　新华书店经销
字数10千字　　889mm×1194mm　　1/16　　11印张
2019年5月第1版　　2022年3月第4次印刷
ISBN 978-7-5596-2994-4　　定价：88.00元

版权所有，侵权必究
本书若有质量问题，请与本公司图书销售中心联系调换。电话：（010）57126122